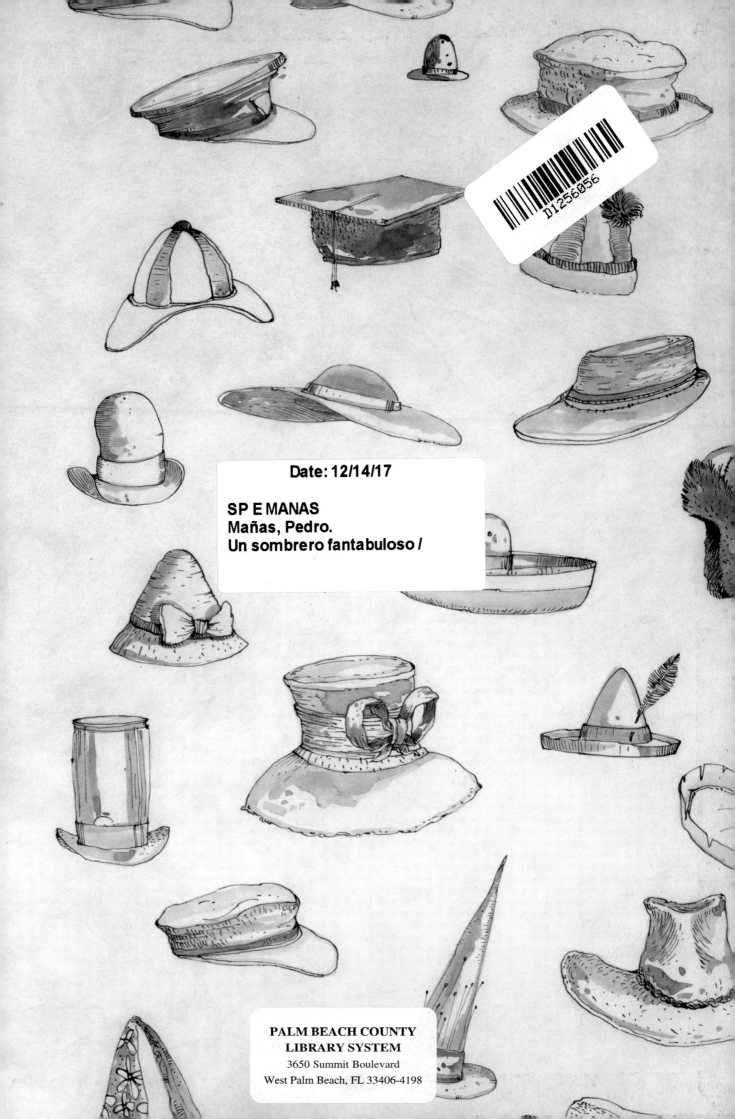

Para la fabulosa Arantza. Para el fantástico Rafa.
Y para Frida, su fantabulosa pequeña. P. M.

Un Sombrero Fantabuloso

Dirección: Èrica Martínez
Colección a cargo de Julia Carvajal

© Texto: Pedro Mañas
© Ilustraciones: Roger Olmos
© Ediciones La Fragatina

Correcciones: strictosensu.es
Diseño gráfico: pluc.es

Edita: Ediciones La Fragatina
Thinka diseño y comunicación, s.l.
Plaza España, 23, 1° A
22520 Fraga
www.lafragatina.com

1ª edición: noviembre de 2016
ISBN: 978-84-16566-09-9
Depósito legal: HU-189-2016
Imprime: La Impremta

Con el soporte del Departamento de Cultura

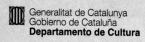
Generalitat de Catalunya
Gobierno de Cataluña
Departamento de Cultura

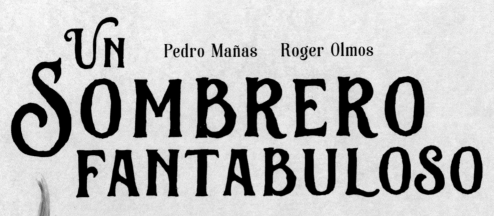

Un Sombrero Fantabuloso

Pedro Mañas   Roger Olmos

Ediciones la fragatina

Hay sombreros y sombreros.
Sombreros elegantes y sombreros ridículos.
Sombreros con cinta y sin cinta.
Con pluma y sin pluma.
Para el sol y para la lluvia.
Para jugar o para aburrirse.
Para saludar o para esconderse.
Pamelas, gorras, turbantes, cascos, boinas
y sombreros de vaquero.
Hay sombreros y sombreros.
En su taller el señor Crockett los fabrica a cientos.

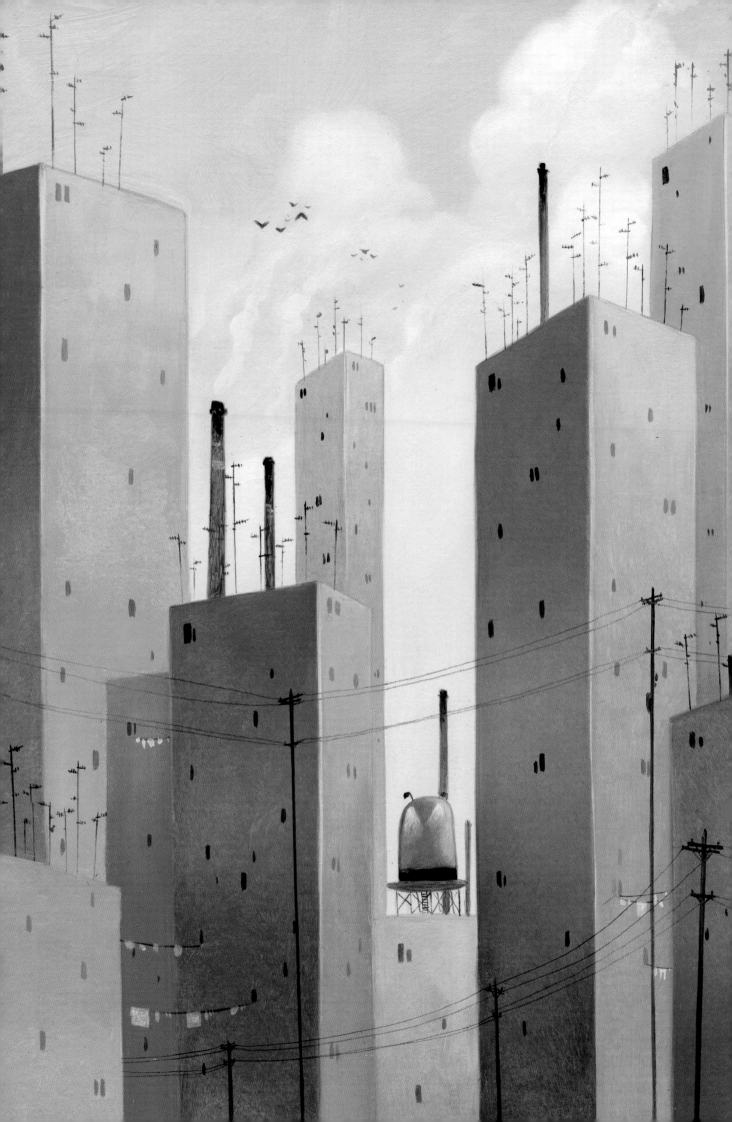

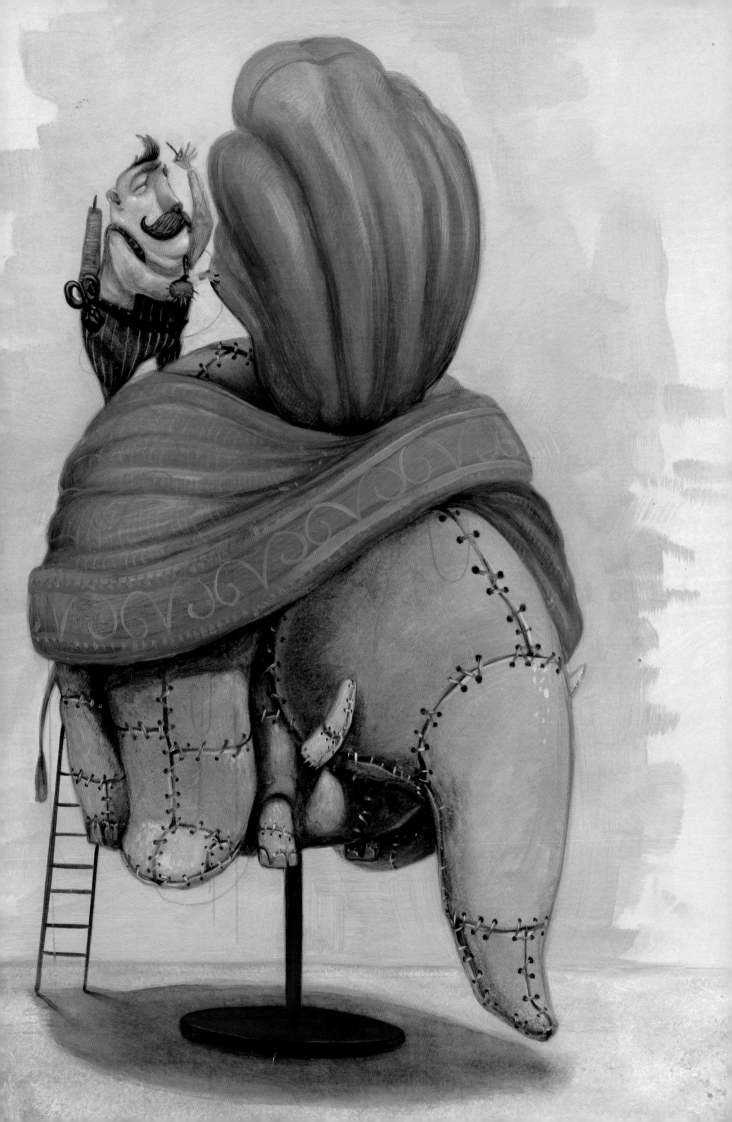

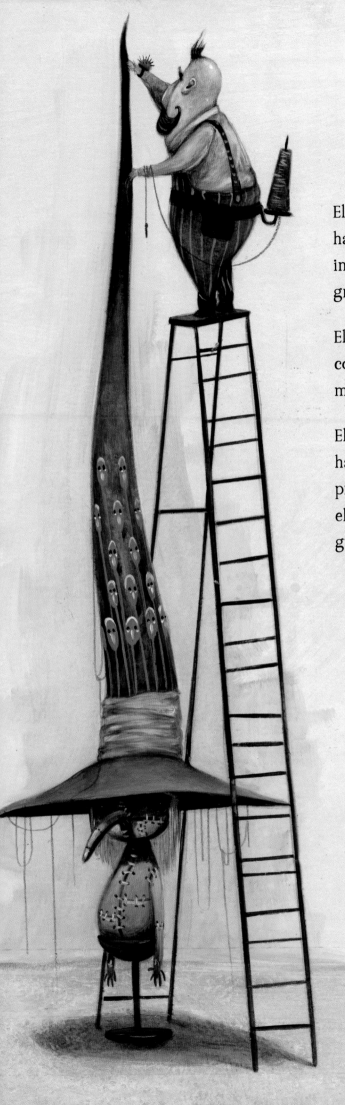

El sombrero más grande que Crockett
haya cosido jamás lo encargó un mercader
indio para su vieja elefanta. Era más
grande que una bañera.

El sombrero más alto que Crockett haya
cosido jamás lo encargó una bruja muy
menuda. Era más alto que un perchero.

El sombrero más bonito que Crockett
haya cosido jamás lo encargó un príncipe
presumido. Y como era más bonito que
el propio príncipe, este se enfadó y lo
guardó en un baúl. Y allí sigue.

Crockett es más pequeño que el sombrero de la elefanta. Más bajito que el sombrero de la bruja. Más feo que el sombrero del príncipe. Pero es un hombre amable que nunca rechaza un encargo. Un día entra al taller de Crockett un señor vestido de negro:

—¡He perdido mi viejo sombrero! ¡No puedo trabajar sin mi sombrero! ¡Necesito un sombrero nuevo!

—¿Cuál es su trabajo? —pregunta Crockett con mucha calma.

El señor mete la mano en el bolsillo del abrigo y saca
una paloma blanca. Pero no es la paloma lo que busca.

Mete la mano en el bolsillo de la chaqueta y saca
un gran ramo de flores. Pero no es el ramo lo que busca.

Mete la mano en el bolsillo de la camisa y saca cien
pañuelos de colores. Pero no son los pañuelos lo que busca.

Al fin mete la mano en el bolsillo del pantalón y saca
una tarjeta de visita.

–¡Mañana tendrá su sombrero! –promete
Crockett.

El señor Crockett cose al caer la tarde.
Una puntada, dos puntadas, mil puntadas.
Y ya tiene listo el sombrero.
Con las puntadas que sobran, coserá la luna al cielo.

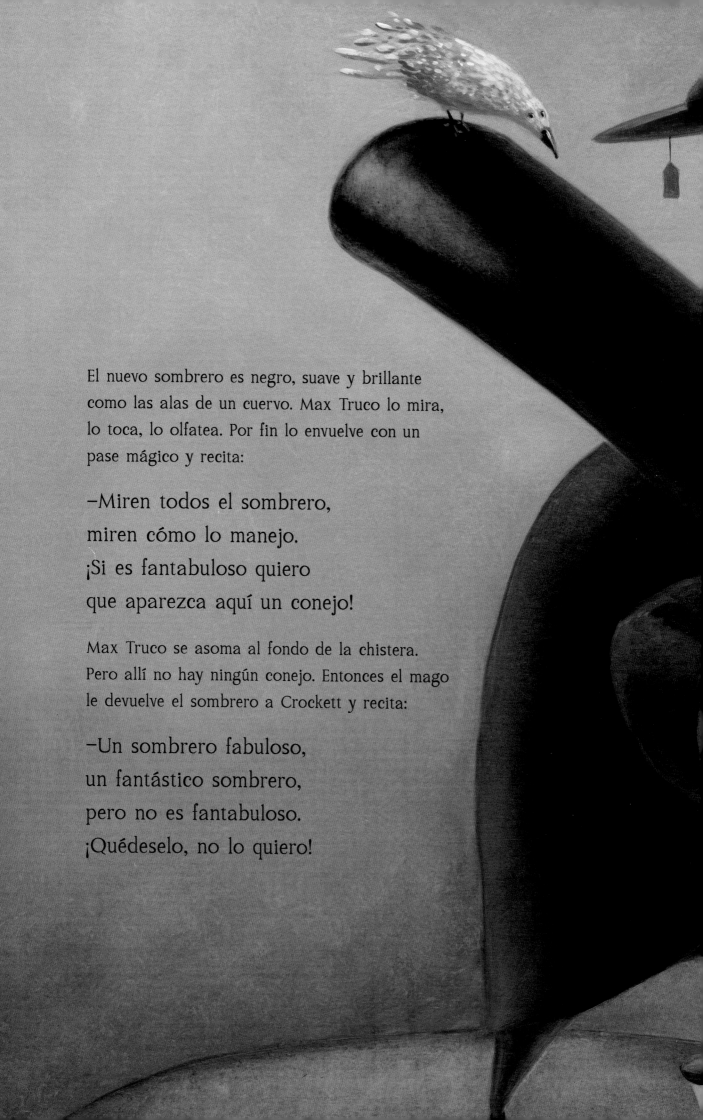

El nuevo sombrero es negro, suave y brillante
como las alas de un cuervo. Max Truco lo mira,
lo toca, lo olfatea. Por fin lo envuelve con un
pase mágico y recita:

—Miren todos el sombrero,
miren cómo lo manejo.
¡Si es fantabuloso quiero
que aparezca aquí un conejo!

Max Truco se asoma al fondo de la chistera.
Pero allí no hay ningún conejo. Entonces el mago
le devuelve el sombrero a Crockett y recita:

—Un sombrero fabuloso,
un fantástico sombrero,
pero no es fantabuloso.
¡Quédeselo, no lo quiero!

Hay libros y libros.

Libros con dibujos y libros sin dibujos.

Libros nuevos y viejos.

Gordos y flacos.

Para la escuela o para la playa.

Para leer sobre la hierba o bajo la manta.

Para reír o pasar miedo.

Libros de monstruos, de espías, de brujas,

de magos, de elefantes o astronautas.

Hay libros y libros. En la biblioteca el señor Crockett

los encuentra a cientos.

El libro que busca se oculta en la sección de Magia.

Se titula *Cómo fabricar un sombrero fantabuloso*.

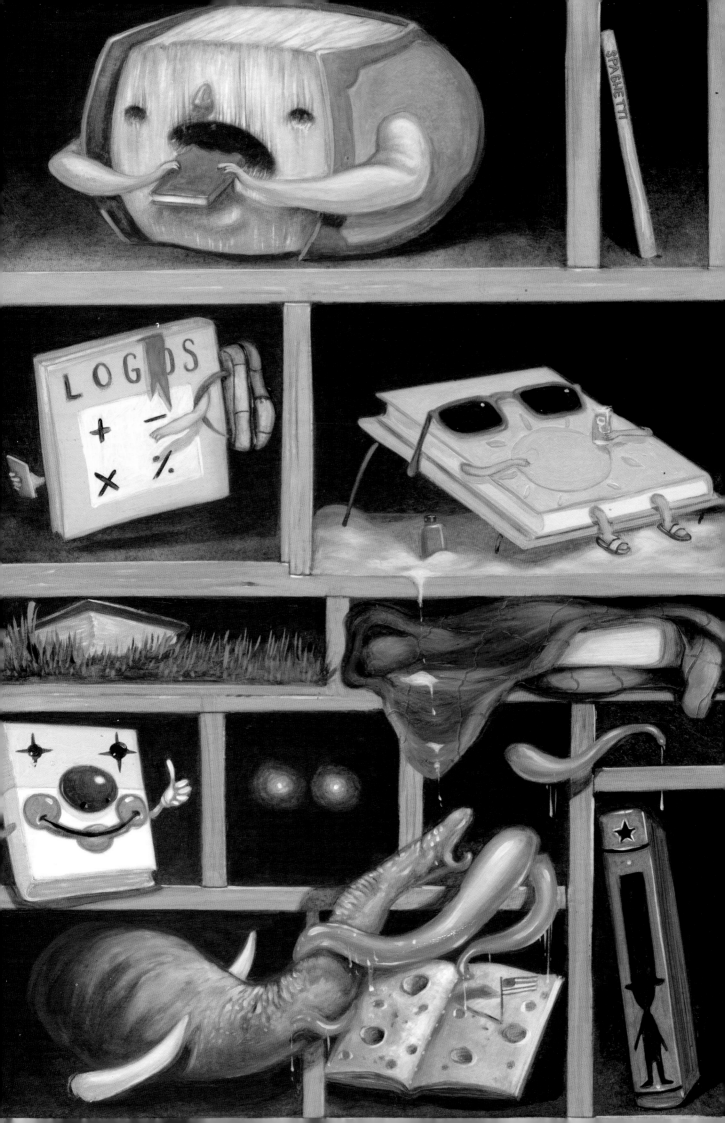

El señor Crockett lee al caer la tarde.

Una página, dos páginas, mil páginas.

¡Fabricar un sombrero fantabuloso es realmente difícil!

Pero ya he dicho que Crockett jamás rechaza un encargo.

Sin dejar de leer, el señor Crockett hace su maleta.

Sin dejar de leer, el señor Crockett se pone el sombrero.

Y sin dejar de leer, el señor Crockett se marcha de viaje.

Crockett camina y lee, lee y camina hasta llegar a la playa.
El libro dice lo siguiente:

«Un sombrero no es un sombrero fantabuloso
si no sirve para cruzar el mar».

El señor Crockett llega sano y salvo a la otra orilla.
Por suerte, el sombrero no se ha roto. Pero de tanto navegar,
se ha vuelto grande como un barco.

Crockett camina y lee, lee y camina hasta llegar al desierto.
El libro dice lo siguiente:

«Un sombrero no es un sombrero fantabuloso
si no sirve para atravesar el desierto».

El señor Crockett aterriza junto a una palmera. El sombrero
ya no es grande. Pero de tanto volar, le han crecido alas.

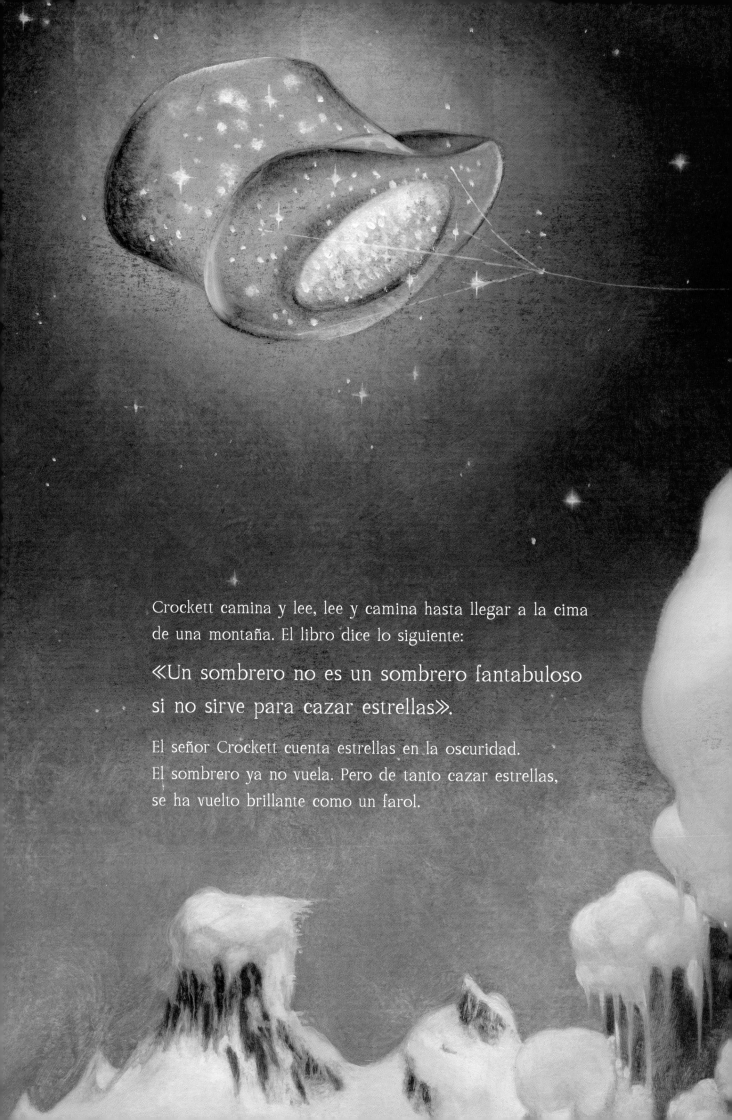

Crockett camina y lee, lee y camina hasta llegar a la cima
de una montaña. El libro dice lo siguiente:

«Un sombrero no es un sombrero fantabuloso
si no sirve para cazar estrellas».

El señor Crockett cuenta estrellas en la oscuridad.
El sombrero ya no vuela. Pero de tanto cazar estrellas,
se ha vuelto brillante como un farol.

Crockett camina y lee, lee y camina hasta llegar a un bosque oscuro.
El libro dice lo siguiente:

«Un sombrero no es un sombrero fantabuloso
si no sirve para cruzar un bosque lleno de fieras».

El señor Crockett sale temblando del bosque. El sombrero ya no brilla.
Pero de tanto caminar entre fieras, se ha vuelto salvaje.

Crockett camina y lee, lee y camina hasta llegar a la ciudad.
El libro dice lo siguiente:

**《Un sombrero no es un sombrero fantabuloso
si no sirve para hacer amigos》.**

Los niños que salen de la escuela se acercan sin miedo al sombrero.
Lo acarician, le hacen mimos, le dan migas de pan. Crockett les cuenta
historias de mares y desiertos, de bosques y montañas.

Cuando los niños se despiden,
Crockett descubre que el sombrero
se ha dormido sobre el asfalto.
Ya no es grande, ni vuela, ni brilla,
ni ruge. No parece sino un simple
sombrero. Ha llegado el momento
de volver a casa.

Max Truco coge el sombrero. Lo mira,
lo toca y lo olfatea. Luego lo envuelve
con un pase mágico y recita:

—Miren todos el sombrero,
miren cómo lo manejo.
¡Si es fantabuloso quiero
que aparezca aquí un conejo!

Y entonces, ¡sorpresa! Un conejo rojo
se asoma desde el fondo del sombrero.
Max Truco lo coge, lo mira, lo olfatea.
Y se pone loco de contento.

—¡Qué conejo más delicioso!
¡Gracias por la cena,
sombrero fantabuloso!

El señor Crockett, espantado, le arrebata el sombrero.
Luego lo envuelve con un pase mágico y recita:

—Miren todos el sombrero,
miren todos lo que hago.
¡Si es fantabuloso quiero
que desaparezca el mago!

Hay sombreros fantabulosos.
Hay libros fantabulosos.
El señor Crockett cose y lee, lee y cose
con el conejo rojo en las rodillas.
Luego, al caer la tarde, cierra el libro.
Guarda la aguja y el hilo.
Se quita el sombrero.
Lo envuelve con un pase mágico y recita:

—Miren todos el sombrero,
miren todos muy atentos.
¡Si es fantabuloso quiero
que desaparezca el cuento!

Y el libro, el conejo y el señor Crockett desaparecen dentro del   s

                                                                                              o

mbrero.